JN024137

歌集 水張田の季節

柳原恵津子

左右社

水張田の季節　目次

I

II

Ⅲ

Ⅳ

I

花に額ずく

生きているだけでふたたび夏は来て抜け殻に似た棚のサンダル

ウインナー焦げたくらいが好みなり誰の暮らしも羨んでいず

すれ違う知人すべてに手をふれば嬉しいきっとカンダタもそうだ

講義動画でしゃべるわたしはお化粧をしてなかったり徹夜だったり

真似してはだめよと言えば真淋しいほかならぬ半生を問われて

壁ドンでも白馬でもなく刺股で捕らえるような夫（つま）のため息

濡れなくてよかったはずの大雨に冷えて小さく裏切りあって

怒（いか）りゆすりほったらかして夜を手に入れる積ん読の論文のため

父が子を叱ったあとでばらばらに出掛ける出来そこなったかき揚げ

遠い土地ならばなおいい求人に付箋するとき魔女かも知れぬ

ブレーキが下手であったとなぜ舌は謝る追突をされたのに

手で口をふさぐみたいな苦笑なり保険会社の男の人の

怒りとは丈高き花のものならば一輪のタチアオイとならん

歩くたび汗が噴くのはまな板の上で振られた塩のせいなり

後ろ手にあなたが持ったまま枯れた花に額ずく五体を折って

ログイン

いくらでも出る正論は食卓を家族に拭かせることすらできず

全員が今日も無事だと疑わぬ顔だね　昼のランプもきれい

暴言を放った舌でじんわりとドロップ溶かすキッチンでひとり

仕事のあと大根を煮るこの家でいちばん愛が得意なわれが

キッチンのタイルに足裏を埋める夕べいのちにログインをして

ひとつずつそれでも茄子の実は生って噛めばまばゆい野原のにおい

欲の煮くずし方

所詮夫だからあなたと暮らせたと言わず　娘の起きてこぬ冬

かがやきで滴る満月のようにまるく不安も成就するとは

まともなるのは猫ばかり「ママだってあっちの人」の「あっち」って何？

シンクへと放ったグラスは倒されて在宅勤務のあいだもずっと

じゃがいもと人参の皮むきながらカレーをシチューに変更は、できる

米のないカレーのようじゃないかしら欲をきれいに捨てた夫婦は

曇りなくグラスを拭いたひとの指ただしかった拭きかたを真似する

おふとんで寝かせたシチューのお野菜の欲の煮崩しかたはこうだよ

蟹の缶詰め

目いっぱい葡萄を詰めた箱が来ぬ実家へおすそ分けに行こうよ

頼みごとある日に刻む人参は箱のマッチのそろった細さ

宵の口ふたり車にいるなんてビッグダディと美奈子みたいだ

お歳暮のごとく綺麗に包まれて父母(ちちはは)笑う玄関に立ち

何度でも私はここに来るだろう風あびて門限におくれて

貰いたる袋のなかの蟹缶よ脚など詰めてからからと鳴る

ふさわしいスーツでわれをたばねましょう汚した手足よくすすいだら

砂糖よりしずかにひかる弾丸の桶狭間産葡萄重たし

音のない火事

ワクチンが父母（ちちはは）の腕へ植わるのを見るほかなくて音のない火事

花束をかかえた逢いが立ち消えの父と母と四十五のわれと

父はわが足裏（あうら）を楊枝で突いたとかミルク飲みつつすぐ眠るゆえ

Ｇ７にシェルパという職あるという日暮れの山が逢いたさに照る

ワクチンが効いたら銀座に行ってきな何か買いなよ自分のためよ

夏富士

父の背のほくろのように山肌のあちらこちらに立つ鉄塔よ

アンテナをひとつも負わぬ富士山を見に連れだしてくれた人がいた

ハンドルに手を置く夫の横で思うきれいな男友だちのこと

この夏に食べずにおれぬ人たちで溢れかえった郷土料理屋

やらせてはいけないことを強いている苦さはだかの夏富士見れば

冬樹の枝

大切に鍵を鎖されて冬の陽に並ぶ車のどれもがひかる

それぞれの臓腑に白く降る雪よわれには淡く父には深く

「してないかね、けんかは？」息を吐ききって父は訊ねた五分の会いで

上の空だったな　にぎり合った手を思う赤身をミンチしながら

大ぶりのどんぐりに似た爪が好き武器に触らなかった父の手

ラスボスとして死の影の差す午後にいっしんで書く勤務報告

生きたくて病院へ向かう人の列　旅行バッグを持つ者もいる

婚の夜、産の夜明けを生きてきたちいさな子宮頸部シャーレの

死ぬわけじゃない目に映るもの淡くストレッチャーから仰ぐ天井

熱愛が言葉を生んで濁流となったようなりあなたの本は

延命は望みませんと告げた途端ふるえる　長く　長く　抱かれて

人に頼ればやさしくすればよかったわ密室は徐々に煮える湯なのよ

一英語教師「仏のカワサキ」が仏になり終わろうとしている

尊いと言うほかできず息をする袋となって過ごす幾夜を

父の死に母が連日泣いている月がいつでもかがやくように

稿を書くと喜ぶ父が嫌だった岸辺の水の腐るにおいよ

軽口を言わず年越し蕎麦吸えばいもうとおとうと昔のままの

夕暮れの空に冬樹の枝が伸びて闇に隠れるまえの鮮烈

死のつぎの朝の背中に手を入れて掬いつ消えてゆく身熱を

人気(ひとけ)ない母校の前で棺の蓋あけている父の車がきれい

あどけなく寝覚めに軍歌口ずさむ夜明けの気持ち聞き忘れたな

持っている臓腑ぜんぶが大切でしんと収めてあるく川岸

わたしたち夏から冬がすぐ来ても曇天を今日の服で飾って

細く細く

刻々と子らののみどに積もりゆく粉糖に似た塵を思うも

しんと冷えこのまま磁器になりそうな十月尽のみどりのトマト

夕凪の汀の喜怒をきらめかす十八度目の冬のむすめは

悠々となんて大きな一歩だろうわれが小さく歩むヒールで

息詰めて細く細くピーマンを切る言葉のきれいな母になりたし

花束を背中に隠し持つように朝のお醤油差し片付けて

仕事鞄静かに膝の上に抱く静かなものをこの冬は選る

お酒と海と

加賀の地に佳き文庫あり藩校の旧蔵本の閲覧にゆく

会ってまず注ぐ冷酒は角書(つのが)きで知人の皿の紫蘇もらったり

荷の中の資料を二割読み終えたところで旅の初日の寝落ち

ブランクは仕事道具を忘れさせカメラを借りるメジャーを借りる

近臣の戦死のページに目が止まる読んでふたたびシャッターを切る

凝視してふと読み解ける文字がありし昔のわれが降りてきたような

定刻が来ればたちまち片付けて海を眺めにゆく人たちだ

今日の海を語れば今日へワープする波に触れられそうな汀へ

追いかけてばかりの旅の写真にはお酒と海と知人の背中

お子様ランチほどの仕事を手伝って駅で二度言うまた続きをと

春の山

母さんと呼ばれる旅のための靴かかとがだいぶ擦り減っている

だまる子の長いまつ毛よ助手席に早春の山ひとつ作って

浪人とたとえた人は誰だろうトレンチコートをはがす春風

石きだの一段めから見る山の道の終わりは梢で見えず

雲に乗る菩薩だ夫もむすめらもたちまち崖のあんな高みに

過ぎゆきと今日に五体が濡れていて花を見上げてまた歩き出す

夫と子を追って石きだをのぼる時おり靴をギュッと鳴かせて

座礁したままの過ぎゆきのせいなのか誰かをうまく吐れぬわけは

触れようと腕を伸ばせばすり抜けて子はイヤホンを姉と分けっこ

お使いをしに来たように「ママ頭がお留守？」とつぶて投げておまえは

大門に来てたちどまる　夫と子がつくづく見上げやがて吸われる

彼岸此岸わかれて立てばそれはもう仕事が好きだったわれが残る

奥つ城の横にちいさな亀の像むすめは目をあわす蹲踞して

息あらく汗かく母をまた置いて「うちらで龍を見てくる」のだと

しろい顎反らして子らは聞いただろう堂を震わす龍の飛鳴を

ほんとうの桜の高さを知ったのだ空の奥処へ沈みゆきつつ

坂の名を読みあげながら霧ふかき山をエンドレスで笑いながら

おとめらはやや伏せがちにおみならはやや肩ひらき裸体をはこぶ

着床の夜知る胸乳もまだ知らぬ胸乳もかがみの中に静かに

性愛の極みにも似た乳首もつおみなおさなごふたり抱きいる

我よりも高い背をもつむすめたち魚のなりで湯をかけあって

花崩すように命を産むことの苦さよくちづけに是非を問えど

抱かれればまだ上弦の夜々に棲むうつし身林檎酢を舐めながら

それがすべてであった胸へと沈んでもふたりぼっちのこの世はあらず

明け方に添い寝求めてくる君の春の楓のうすい手のひら

もう大人の曲線をもつ額から手をはなす舟を浮かべるように

とうに年の十倍ほどは傷ついた君に命のかぎり添うから

卓上の玻璃のうつわに注がれてミルクはこの朝の水準器

四肢で立つ母の牛より湧く乳をふくめば寂しい野辺の香のする

目の色を決めてと見せる画用紙の兵士　鉱物の色の名を

前髪のうえに眼と眉描いて最新式のむすめの画法

背中へと触れるむすめの身熱が大人のそれにかわる真昼間

むすめの手はなして夫とつなぐ手に淡雪のごと花の降りくる

父の背を追って少女がはいりゆく薄闇の銅山のその奥

手掘り工夫負夫(おいふ)太腿が連なってしたたる汗よ飛沫く唾液よ

母さんは身が持たなかった工夫だとやがてあなたは思うだろうか

視野角がわれにあること子の髪を眺めてつぎにひかりを眺む

大きからぬ虻も輝きながら飛ぶ春の翅春だけのさざめき

はなれ雲　春のひとひの親と子の花枝に触れただけの飛翔よ

Ⅱ

ハッピーマンデー、そして火曜日

なぜかいつもモノレールのある街に暮らしてきた

この街の僕は背骨だ丘陵に満ち潮のように寄り添う街の

学生がみんな聞き分けよく見ゆる朝　書くたびにくずれるチョーク

満開の花のようなる友人と過ごせりひかりを水を注いで

箱根での仕事の話聞き終えて静かな中央線で帰りつ

散歩しよう吾子と九月の公園をジントニックとアイスを買って

羊雲もまれゆく空　もっと青かったのにわたしが来るまでは

ママの顔あかいとゲラゲラ笑う子よそうだ母さんは酔っているのだ

あのボートで被写体となった日のことを聞かせおり水鳥を追う子に

吾子の手はまだ小さくてシャボン玉鉄砲打てど打てどふくらまず

動物園みたいだ君と僕とではトイレのちがうとこが汚れる

ふざけ合うこの姉妹にも伝えねばならないだろう黙ることとか

夕立が止んだらスーパーに寄って帰ろうよくぞここまで着いた

あかちゃんの声、と思って目覚めたり牛乳瓶たちがはずむ朝

寝ても寝ても取れぬ疲れにも慣れて冷凍チャーハンを温める

青色と黄色のゴムでゆるしてよ宥めつつちぐはぐにおさげす

母だからちゃんとしたいが爪の伸びた指で繫げるダイヤブロック

目にかかる前髪除けて草摘んですこしずつ知る吾子の真昼間

こどもにもひとりひとりの毛並みあり洗いたての子土を浴びた子

何度でも砂のケーキを作るべしあかまんまの穂を零すほどのせて

前髪をぱつんと切ればぴかぴかの桃のようなる額がわらう

弥生朔日

たまご割りを子は覚えたりまいんちゃんのごとくクシャックシャッと割りゆく

だし巻きを食べて育たざる我なれどくるくるとたまご巻くことが好き

塩昆布と胡麻のだし巻き朝の卓に置けば四方(よも)より伸びる伸びる箸

手のひらにむすべど水は逃ぐるもの　ようやく家庭の人となる、春

散らかった棚の地球儀　上を向く半球はまぶしく塵のせて

沿線のどの駅も春は花ふぶき駅ごとに歩く君を夢想す

どうであれ卵の中は黄身白身そういう岐路だった、と言ってみる

地球儀をタオルで拭いて隅へよせる今年もおひなさまを出そうよ

ある朝ある夕

皿を出す音パンの匂いあれはお姉ちゃんだそろそろ七時半だろう

飲めばママきっと起きるよ食事する娘にコーヒーをねだりたり

寝床まであなたを呼んでつま先で背中を撫でて聞く今日の予定

ひとりひとつ鉄（くろがね）の塔をたててゆく果てなき暮らしなのか夫婦は

母である矜持が根絶やしとなった身体を季節として差し出す

苦しきは夏の入り口延々と氷を作り削らねばならぬ

タクシーのシートに身体沈ませて五倍速で見る夕暮れの街

切り時の髪をあまものように揺らしおさなごは凛と夕闇をゆく

だいすきと何回も言うおさなごの胸に額をこすらせながら

夫思いと言われてモヤるそうじゃなく夫の教え子思いできっと

夫はいま数多の子らのやどり木で景はしずかに成就するもの

仕事から戻るも夫は海風のはやさで子らと食事へゆけり

居残りをするとはこんなつまらなさ本をひらくが静かすぎる部屋

嘘がもうつけなくなって家にいるはずなのに「ママ、泣くの？」だなんて

おやすみ、と書斎へ向かうこの人も燃えさかる一点をめぐる星

車窓

部屋ひとつ与えられれば腕のばし脚触れあってしまう肉叢（ししむら）

幸福な胸乳と思うさらわれしころと同じに気に入られいて

ためらわず命を呼びし夏の我を思いいだせずその前はもっと

追わざりしも追われざりしも寂しくて道には金木犀花盛り

車窓から病院が見ゆあの暗き十三階でかつて子を産みき

呼ばないという前提がわからずにわたしは破れながら立つ旗

人を生むときのあなたの表情にまた会いたいと思うこれの世

ハスキー

「きょうも犬いないいね」と見る一度だけハスキーが座っていた出窓を

ストリートビューを覗けば原発の入り口に白きいちにん立てり

東京でも日本でもなくこの町を関東と呼ぶとき逃げるもの

水張田の季節

木蓮の花弁中空で震えつつ崩れずにある春へ突っ込む

いい紅茶は砂糖すこしで美味しいと少女がよく笑う旅の朝

洞窟の底であなたと滝を見つあらゆる喩からひと日のがれて

それぞれの寝息で眠るこの子らは野から生まれた二枚の棚田

曇天の四月の朝の露天風呂あゆみつつ言う明るく生きよ、と

私、パパの匂いがすると唐突に少女がつぶやけば南風(はえ)の予感

娘らの乳房のことを母たちは畑の茄子のごとく言いあう

後ろから抱かれれば子は私より長身で片恋にいるらし

ともだちが作った棚に手を入れておかかのように皮膚が削れぬ

マキロンを机に置けばキズパワーパッドも夕べ並んでいたり

いだく水うろこのように輝いてまったただ中の水張田の季節

春の花殻、夏の蕾

咲きかけの桔梗のような硬さなり春の制服で子が降りてくる

四人分八つの鮭のおむすびが置かれて今朝のちいさき飽和

順調というお告げなり二階からゆたけくひびく夫のいびきは

はずされた使い捨てレンズ手のひらに載せれば記憶載せるまぶしさ

咲き終えしマーガレットの花殻を摘む少女らのまだうすき爪

うしろ髪じっとり沈む酸き春もスープあたたかく届くあなたに

サーティワンの日の夕暮れに

モカアイス父と子の手に群れ咲いて眩しい甘い甘いモカファッジ

喉みせてサラダボウルの春雨を夫が食べきる今日のおわりに

乳飲みし日々の眉根のさびしさできっとあなたはまた人を恋う

夏風邪

君の熱が下がるなら採りにゆくだろう火鼠の皮衣であっても

そう、橋の上で生活する感じ子のなぞなぞを解いて書を読む

仰ぎみる

苛立ちをパンプスのごとく響かせて暮らせばひとりきりの昼食

文庫本伏せがちにした手をひらく隣の人は舟を描くらし

昼食を野菜ジュースで終わらせてある日の真意おもう池の辺

来し道を来しそのままに折り返す馬酔木の実など目印にして

なに気なく昔を言えば窓外に唐突の雨見にゆけば止んで

もう背中しか見せてくれぬかも知れずならば何度でも前に立つから

夫のかばんに二錠あずけるいざという時の舌下に溶かす薬を

お化粧のように自分の論を読み論に紅差し先生を待つ

蒲の穂のやわさで靡く樫の木に見とれるばかりだが語らねば

まだ助詞が臭う夕暮れ書きさしの手紙を破いては書きなおす

秋口にメールを送る約束の真鍮の鍵のごとき重みよ

子を起こすご飯をよそう人として今日を呼ぶためのかぞえ歌

ぶん殴るように暮らしたこの家の押し入れの底いを拭いゆく

にっこりのスタンプ最後に送りしが既読はつかずもう駆ける子よ

駅までの道は汽水の河に似て岸辺の花に触ってみたり

よき皿でよき菜を食む夕暮れをみんな愛していい　胡麻を煎る

わたくしのものなりし骨を組みあげて現し身にしたし小さき体軀の

いちにちに二度仰ぎみる背筋よきゆえ庭に立つけやき、ポプラを

立山行

雪吊りを庭ゆく人に結びたし生のながさがしんしんと降る

軽やかに誘うあなたの助手席の窓に立山この山は母

出願の朝

自己ＰＲカードを自己ピッピと呼んで子は真顔なり出願の朝

「行こうか？」と言えど娘は手を振ってひとり校舎の奥へ向かえり

子は歩むグーグルマップかざしつつ十五少年島ゆくように

風も風の子も渇けば切るたびに鈍くひかって落ちる子の髪

家もまた波寄せやまぬ潮だまり自分が沸かす湯が頰へとぶ

子の海にくるぶしを濡らさなかった日なにかを組み伏せつつ働けり

静物

かけ足の朝は打刻をするごとくブレンドをサーモマグにもらって

静物の顔してならぶ活字たち眼差しで撫でれば火にかわる

「研究所はゼネコン」という躓けばかささぎが散りながら死ぬ橋

美しい偈頌をかばんに忍ばせて仕事納めの夜を帰りつ

水仙を根から折りにし朝ありきそれでも春を呼んでわたしは

はじきつつ湛えた白湯に温みおり紅茶茶碗は寡黙なるまま

あそび

ママは子に甘いのだとかそれもいい八朔の皮を剥いてあげるよ

世の中は厳しい厳しいところゆえあそびを作る多すぎるほど

塾へ行く行かないでまた日が暮れる地方版にもならぬ些事なり

月並みな女の性であることの月並みな重石だったこの石

怒りなど知らぬ顔して冬におり宛先や送りかたに迷いて

こどもだって我より偉く見ゆる日にお菓子の袋そっと捨てたり

蜂蜜の瓶かたむけば金の糸ゆっくり伸びる母に会いたし

モノレール

錆くさき扉であった身をよじり子が生まれたる夜のわたしは

スカートを揺らし渋谷へゆくというむすめ親友とLINEして

「そうだ。京子ちゃんのきれいな手に、マニキュアぬろう。」

棚のうらまで探しても見つからぬJILL STUARTの赤いマニキュア

胎という冥府ちいさし抱きついた君を入れずに抱きかえすのみ

それぞれに友という空　親と子で追いあってバターにはなれぬから

晴れ間無き梅雨をデイジーはしずくして如雨露と挨拶が消える街

「お母さん、一ヶ月帰ってきてないんです。」「マジで？　明君、いくつになった？」「十二歳です。」
昼のカフェルイボスティーのマゼンタとすこし疲れたひとりのわれと

書から目を上げる重たきあの雲の中を小型機がうなり行く

本棚にたやすく永遠はあって夕餉の塩を買いわすれたり

空腹にふたりは溶けたバターのよう額よせて観るHikakinGames

床掃除だけくやしいがあきらめて駅へ自転車をとばす朝

「ご飯ね、ご飯……今日なに、ご飯?」「カレーかもしれない。」「カレー! カレー食べる。」

いいよという声が明るい電話越しお味噌汁作ってと子に言えば

お豆腐とわかめでたちまち出来上がる買い物はしない日のお味噌汁

「ありがとう」より「ごめん」と先に言いたりし後味　厚く垂れたる舌に

おまえより私が優れている点をさがすおまえの手を引くために

脱皮した皮をシェアするような愉快ストッキングを娘に貸せば

すこしだけ高かった赤いマニキュアを残してドレッサーは簡明に

あおぞらにかざした鍵のゆらゆらと揺れるようなり朝をあるく子

詞書は映画『誰も知らない』（是枝裕和監督）の台詞に拠りました。

Ⅳ

cards

青年が勤務するのは木曜日シャツもマスクも帆のような白

珈琲を入れるうなじの弓なりよ生まざりし子に近きよわいの

子を捨てた生は襤褸と思いたり若き阿修羅のまなざしといて

何となくマスクはずさぬことにした曇り日のラボひと日ざらつく

高級なルンバのすごさ説く君の口からアトムがこぼれ出てるよ

向かいから寄せる気配に冷たさやぬくとさがあり作業メモとる

豚痘を子に植えしゆえ牛痘はよその少年で試されたという

ワクチン待ちですね、そうですね　誤字なおし五度も十度も書類を刷りつ

簡明な種痘の傷を夢想するなめらかに刺す器具の軌跡も

餞別の袋揺れすぎないように旅立つ人と握手をしたり

聖五月汽水と呼べばおおらかな皿がつぎつぎ積まれる厨

午後四時に起きて朝餉のパンを食む娘よアオハルはまぶしいね

その肺にだって淡雪ふるものを暗記カードに世界史綴じて

桟橋で舟に降る花はらう日々娘のひたい撫でて起こして

遠からずちいさき庭を巣立つ子にベーコンエッグ焼いて職場へ

もらいたる君のクロックスに両足をいれればアトムのごとくぽってり

時間

君の言いしとおり時間はひた進む運命は頬に降りやまぬリラ

夏の道

茎いっぱい百合のつぼみはうつむいて泣かせて来たる人のいくたり

今日明日は梅雨の晴れ間になるという予報どおりの朝のおむすび

行ってきます、も言わず出かけしまるき背を探してはおらず菜を湯がく香よ

大いなる時計が土の底にありオヒシバが夏を告げながら来る

鮭・南瓜・ひじきちんまり収まりぬ在宅勤務のわれのお弁当

シャッターへ伸ばす両腕あのあたりを縊死の高さと思いし日あり

海が山を組み伏すような大雨に波濤となってゆらぐ樟の木

猫を飼おうだなんてそんな唐突に教室のようなやわき陽がさす

エンジンを噴かす車を待たせおり昨日のままの鞄をつかむ

スニーカーの脚で急げばしゃりしゃりしゃりと噛む砂糖菓子待たるる日々は

ひたすらに夏である雲白き日にひだというひだすべてを見せて

トトロおじちゃんと呼ばるる夫の寡黙子猫二匹がすぐ好いてくる

父と子が夜道を歩く聖母子にあり得しノーマルエンドのように

何年もソファーの下にあったならはぐれたガムは捨てなければね

栄転を伝える葉書読みながら蛹は脚をもう伸ばしたい

猫が眠る夫が書を読む遅れがちなわれの時計を励ましながら

夕暮れのたびに灯ともす夏ならば透き通るほど瓜の実を煮て

手を振る

「新郎はいない挙式」のラムネ菓子女子が三人寄れば恋バナ

大空にみな放たれる手荷物も連れもなきひとり分の燃料で

父という壁に手足をかけている君がココアを欲しがる夕べ

泡立て器でゆっくりココアとお砂糖を溶けばそんなに訝しそうに

ふり向いて手を振る朝とふり向かぬ朝があり姉妹でまた違う

総身を揺すっていたる樟の木がなお鳴り止まず振りかえろうか

御在所

マスクへと呼気こぼしつつ猛き猛き松本城にひと日のぼりつ

女らが作りしという銃の弾タルトストーンにしか見えぬを

銃前と銃後に分ける雨のなか鉄砲の写メ撮るこどもたち

御在所とわれの間の木の床が大河の波の重たさで照る

声を聴くほど息つめて御在所を撮ればピースで写りこむ者

嫌がらずあなたはわれを撮っている花火の柄のシャツを揺らして

追う才

交差点は日射しのうつわ音と音がぶつかり合ってどれも届かず

木蓮の枝には木蓮のみが咲くつぼみに過ちなどはなくて

こわれたのではない春はチャンネルをずらして私から去ったのだ

頭まで溺るるほどに陽のあたる椅子よ眩暈の先へ行きたし

幻の刺青おのれに刺しており小葱ひと房刻む夕べは

ぼんやりとするから不意のくちづけもなだれのハグももらいそこねる

広げゆく船の帆を広げるように本へかたむくあなたの腕を

眼差しにきらりと欲がきざすのを見てしまうぬすびとの心で

取りもどすには追いかける才が要りリビングにサバンナの風、風

座るべき椅子を抱かれるべき腕をほのめかせ香水のようだな

呼びとめてするくちづけはどのくらい「つもり」と違っただろう、朝焼け

本当の君の瞳のあかるさを知っているよろこび夏へゆく

安全装置

酔芙蓉きちんと泣けとわれに言う涙は雲の高さちかごろ

数珠を繰るリズムで洗うお箸入れお弁当箱コップお箸入れ

煮過ぎれば煮物が吹いて火が消える安全装置の仕様であれば

雨の朝爆速で子は駅へゆくこの特急に乗らなきゃ詰む、と

ふくらんでゆく気せぬもの息吸ってまずひと吹きめのビーチボールは

まっさらの庭に隣家の花びらと花の香が降る気配のように

磨いても磨いてもくもるキッチンのシンクいつかは誰かが磨く

目を閉じてベッドに沈むゆっくりと四肢に涙をたくわえながら

そして、近ごろは

またあなたが注ぎだすのを待っている磁器の茶碗をよく温めて

万葉仮名ひらがなカタカナ一字ずつタグ打つ川の音を生みながら

世の中が落ち着いたら、とはもう書かず稿を練る明けにお茶を沸かして

フーコーの振り子

ガラス窓あけてのばした胸もとを風が流れる秋の温度の

朝ごとに卵を四つ割る暮らし日に焼けにくいほの青い手で

こどもたち出かけたあとに二階からあなたは今日の服を降らせる

少年のままのあなたの残像が梁などに座敷童のように

常勤ではたらく話までゆけず伸びすぎたオヒシバのことなど

点灯夫わたしの中のいっしんをつかの間燃やしもういなくなる

繋ごうか明日にしようかフーコーの振り子がおこす終わりなき風

てきぱきと夫が車に子を乗せてワクチンは僕が打たせてくると

離れれば体がしんと冷えるよう子は羽衣じゃないというのに

校正を求めるメール一日中とどき謝るうちに夜なり

つぐみ飛ぶわたしの頬を切りながら後ろから前へと抜きさって

夜更けがた戻った人の腕の気配うたたねのなか知ってまた眠る

夫の頬同窓会で逢うようないつの間にそんなに疲れたの

縺れ飛ぶ蝶を見ながら放埒にシャツを着崩しあった真夏よ

話すより夏に吊るした球根を植えたい気持ちそこのひなたに

眼差しの真ん中に立つよ糊のよくきいたブラウスの襟たてて

ブリンカーかぶればそよぐ万緑を見あげしことも忘るるか馬は

あとがき

本書は、私の第一歌集です。第八回現代短歌社賞で佳作に選んでいただいた同タイトルの連作をもとに、選歌・構成を練り直してまとめました。三四四首を概ね制作年ごとに章分けし、いちばん新しい作品群をⅠに、以後、初期の作品群からⅡ、Ⅲ、Ⅳの順に並べました。

ちょうど一歳になったくらいのこどもが、おもちゃや食器、さらには食べものまであらゆる物を摑んでは床に落とすことを、しみじみ知っている人は多いはずです。手の中のものが無くなる様子や周りの大人たちの反応、はたまた地球の重力の質感を確認しているともいうこのしぐさのように、私は歌にしてみることで世界のルールの一端を把握してきた気がします。この歌はダメと評してもらったり、活字になってから悔やんだり、大事な友人の感情や自分の暮らしの一部を傷つけてしまったりすること。そういった経験が歌だけではなく私なりの暮らしのルールを形作るというケースも、しばしばあったように思うのです。

今も私の暮らしはいろんな部分が迷走しています。それはひとえに人文科学と子育てと歌作の全部を未整理のまま抱えて走り続けてしまったことによりますが、そんな日々にあっても、この人も私も大丈夫では、と思う小さな記憶が少しずつ積み重なってくれて、将来をなんとなく想像できる瞬間も増えてきました。

私の日々の暮らしや仕事を見守り、居場所を下さる多くの知人たちに感謝を伝えたいです。また、選歌欄に私を置き、歌稿を読み続けて下さる黒瀬珂瀾さん、いつもご助言を下さり、本書の校正もお願いした田中槐さん、そのほかすべての歌友の皆様に、これまでの浅慮へのお詫びとお礼を申し上げます。染野太朗さん、樋口智子さん、そして黒瀬さんから栞文をいただけたことはこの上ない喜びですし、水谷有里さんの棚田のような美しい屋根をもつ集合住宅の装画は、本書にシャープな額縁を与えて下さいました。装幀を麻川針さんに、編集を左右社の筒井菜央さんにお願い出来たことも無二の幸せですが、若者に手を引かれて歩いたこの歌集の日々そのもののようで、申し訳なさのような気持ちも少しあります。歌集の刊行を機に、そんな人生の風向きを変えたい。夫や娘たちのこれからに立ち会い続けることは、今後の風向きに関するとりわけ大事な願いのひとつです。

二〇二三年四月　家族旅行の帰りの車の助手席で

柳原恵津子　やなぎはら・えつこ

一九七五年東京生まれ、東京大学大学院人文社会系研究科博士課程中退。二〇〇五年に歌作を開始、りとむ短歌会を経て、未来短歌会陸から海へ欄に所属。白の会などに参加。未来評論・エッセイ賞２０１６。第八回現代短歌社賞佳作。非常勤研究員として研究所勤務（専門は日本語史）。

水張田（みはりだ）の季節

二〇二三年五月三十一日　第一刷発行

著者　柳原恵津子
装画　水谷有里
装幀　麻川針

発行者　小柳学
発行所　株式会社左右社
東京都渋谷区千駄ヶ谷三丁目五五－一二　ヴィラパルテノンB1
TEL　〇三－五七八六－六〇三〇　FAX　〇三－五七八六－六〇三二
https://www.sayusha.com

印刷所　創栄図書印刷株式会社

©Etsuko YANAGIHARA 2023 printed in Japan. ISBN978-4-86528-369-3
本書の無断転載ならびにコピー・スキャン・デジタル化などの無断複製を禁じます。
乱丁・落丁のお取り替えは直接小社までお送りください。